ESSAI D'UNE POETIQUE A LA MODE,

EPITRE A M. ****.

Quæ est autem in hominibus, tanta perversitas,
Ut juventis frugibus glande vescantur!
CICER. DE ORATOR.

A AMSTERDAM,
Et se trouve à PARIS,

Chez { P. Fr. GUEFFIER, au bas de la rue de la Harpe.
{ DELALAIN, rue & à côté de la Comédie Françoise.

M. DCC. LXX.

ESSAI
D'UNE POETIQUE
A LA MODE.

EPITRE A M. ****.

Lycandre, s'il est vrai qu'Apollon dans ton ame
Ait pour te tourmenter allumé cette flamme,
Cette ardeur de briller sur les autres humains
Qui fit dans tous les tems naître les Ecrivains ;
S'il est vrai que jaloux d'une gloire pénible
Tu ne puisses goûter un sort doux & paisible ;
Et qu'un destin heureux qu'on ne t'envieroit pas,
A ton esprit superbe offre trop peu d'appas :
Que fais-tu ? Quelle erreur te guide en ta carriere ?
Timide, je te vois respecter la barriere,

A ij

Horace te retient, ſes antiques avis
Te paroiſſent encor dignes d'être ſuivis ;
De dangers & d'écueils il a ſemé ta route,
Je vais te l'applanir, quitte Horace & m'écoute.

   I l fut un tems aveugle où les Arts ignorés ,
L'un à l'autre enchaînés naquirent par dégrés.
Les premiers inventeurs ſans préceptes, ſans régles,
Oſerent eſſaier le vol hardi des Aigles ;
Maîtres de tout créer, chacun d'eux, à ſon choix,
Au gré de ſes talents ſe fit de douces loix,
Les Ecrivains alors dans leur indépendance,
N'eurent de leur audace aucune défiance,
Et l'on veut aujourd'hui que leur poſtérité
Ne puiſſe s'arroger la même liberté.
Dans ſes peſants Ecrits, l'Oracle Stagyrite *
Veut nous forcer encor de marcher à ſa ſuite ;
Ainſi de ſiécle en ſiécle une ſervile erreur,
A fait d'un art ſans frein, un art imitateur ;
O Lycandre ! ſois libre & fier dans ton caprice,
Sans tyrans & ſans fers oſe entrer dans la lice.

---

* Ariſtote, né à Stagyre, 384 ans avant J. C.

CHACUNE des neuf sœurs reçut du Dieu des Vers,
Son rang, ses attributs, & ses emplois divers.
Mais d'un vain préjugé victime volontaire,
Ne vas pas te borner en soupirant vulgaire
Au choix d'un seul objet dont les tristes faveurs
T'empêchent de prétendre à de vastes honneurs.
Calliope, Erato, Melpomène, Uranie,
Doivent également échauffer ton génie :
Vas, cours de l'une à l'autre, & partageant tes soins,
Force le Pinde entier à servir tes besoins.
Passe, si tu le veux, du fifre à la trompette ;
Prends en un même jour la lyre & la musette ;
Ainsi l'heureux Cléon, à la Ville, à la Cour,
Sans peine soumet tout au joug de son Amour ;
Frivole adorateur de la beauté facile,
De la Duchesse il court à la Bourgeoise utile.

   QUOI ! ce siècle imposant de nos Auteurs fameux,
Nous forceroit d'agir & de penser comme eux ?
Lâchement circonscrits dans un étroit espace,
Ils ne battoient jamais qu'un sentier du Parnasse,
Imitons ces Héros parcourant l'Univers,
Qui croyoient en passant l'avoir chargé de fers.

A iij

UN Citoyen oifif *, admirateur ftupide,

D'un regne qu'on s'obftine à nous nommer pour guide,

Eleva fous nos yeux un Bronze trop vanté,

Image de ce mont des neuf Sœurs habité.

Là, chacun vit placés, Chapelle & Deshouliere,

Boffuet & Pafchal, & Corneille & Moliere,

Et le bon Lafontaine, & le trifte Boileau,

Et le fèc Labruyere, & jufques à Rouffeau.

O Lycandre ! il n'eft plus ce fourier du Parnaffe,

Qui marqua parmi nous les rangs avec audace,

Et fon vieux monument oublié par bonheur,

N'accréditera plus fa ridicule erreur.

SOUVIENS-TOI des Décrets de la moderne Secte,

Pafchal n'eft plus pour nous un penfeur qu'on refpecte

Corneille a par hazard des Scènes & des Vers.

Que Moliere paroiffe il aura des revers.

Boffuet aujourd'hui n'écritoit plus l'Hiftoire.

Lafontaine Conteur ! quelle mefquine gloire !

Dans fes décifions négligeant l'intérêt,

---

* M. Titon du Tilles.

Boileau sans l'attendrir veut corriger *Faret* *.

Pour Rousseau, c'est pitié, dans sa verve exaltée,

De sons harmonieux l'oreille est enchantée,

Il te plaît, te ravit, mais il n'est point penseur.

Retiens ce mot, Rousseau n'est pour nous qu'un rimeur.

Voilà de nos rescrits l'important Epitôme,

Dès qu'on nous gêne enfin, on n'est point un grand homme.

TROUVES-TU sur ce point quelque contradicteur ?

Apprends l'art de combattre en vrai Dissertateur,

Ne laisse point répondre, & crie à perdre haleine ;

Prends un air dédaigneux, & ta gloire est certaine ;

Plus d'un Ecrit veillant à ton instruction,

A dû servir de baze à ton opinion.

GARDE-TOI de fléchir en pareille matière,

Sur le noir Despréaux, encore moins sur Moliere.

Tu trahirois par-là tes plus chers intérêts.

Un Satyrique austere, ennemi de ta paix,

Imitant le premier, à ton triomphe même

Verseroit dans ta coupe une amertume extrême ;

---

* Ainsi tel autrefois qu'on vit avec Faret,
Charbonner de ses Vers les murs d'un Cabaret, &c.

Art Poët. Chant. I.

A iv

Il importe au deftin de nous, de nos amis,

Qu'un critique fe taife ou qu'il nous foit foumis;

S'il ofe s'élever, fi fa plume traîtreffe,

Pour y voir tes défauts va difféquer ta piéce,

Prononce qu'il n'eft point de crime égal au fien;

Plonge-le dans l'opprobre & ne ménage rien:

Malheur à l'Ecrivain qui du goût de nos Peres,

Voudroit faire un obftacle aux nouvelles lumieres.

    M A I S de l'autre danger connois la profondeur,

On adora Moliere, avec trop de lenteur.

Son culte qui nous perd marche vers fa ruine;

De fes vieux partifans le refte fe mutine;

N'épargnons point l'idole, & redoublons d'efforts.

L'Amour des nouveautés nous rendra les plus forts.

Déja l'heureux Nivelle a préparé la voie

Du Théatre, avant nous, il écarta la joie,

Et de nos vieux Romans empruntant les douleurs,

Il occupa la Scène en l'inondant de pleurs.

    P O U R nos Drames, ami, quelle fource abondante,

Aux bords de la Tamife à nos yeux fe préfente!

Le Breton hypocondre, en fes triftes plaifirs,

De morts ou de mourants occupe fes loifirs.

L'atrocité du crime & sa farouche image,
Les remords dévorans, leur funeste langage,
Voilà ce qui peut seul aller jusqu'à son cœur ;
A nos concitoyens inspirons sa noirceur,
Et tempérons par-là cette gaîté légere
Qu'on fronde avec raison dans notre caractere.

Du chant Ausonien qu'on nous fit adopter,
Nous devons tout attendre, il saura se prêter
A de funêbres sons aux treteaux de la Foire,
Et par d'heureux succès cimenter notre gloire.

De nos Recueils Anglois tu crains l'épuisement
L'invention fatigue, & ton esprit est lent ;
Descends dans ces cachots où de sales victimes,
T'apprendront en jurant l'histoire de leurs crimes ;
Rassemble tous ces faits, & si ce n'est assés,
Des Registres épais dans un Greffe entassés,
Offriront à tes yeux un secours favorable,
Et de Héros pendus la liste inépuisable.

Muni de ce butin fuis les pas d'Alcidor,
Du vieux goût qu'il chérit, son ame est pleine encor,
Il t'aime, il te dira cent fois, que Melpomene,
D'illustres scélérats peut occuper la scéne.

Qu'elle en veut aux Tyrans, qu'il faut les effrayer,

Que c'est le seul chemin qu'elle ait pû se frayer,

Pour retenir des Rois l'ambition extrême,

Mais que pour leurs sujets ton art n'est plus le même,

Que leur glaive vangeur n'est pas mis en tes mains,

Qu'aux défauts impunis au milieu des humains,

De Thalie en riant la censure est bornée;

Qu'une autre liberté ne te fut pas donnée,

Et que du Magistrat organe de nos Loix,

Tu prends mal à propos & le ton & les droits,

Que Moliere en son art instruit par la nature,

Du ridicule seul osa tenter la cure, *

Que vengeur toujours gai de la société,

Il voulut la purger d'une incommodité,

Que proscrivent le goût, l'ordre, & la bienséance,

Que sur le crime enfin il garda le silence,

Et que fait pour instruire en excitant des ris,

Il ne fit point la guerre aux monstres de Paris **.

---

*. *Celui qui n'a pas observé que dans la fameuse conversation de Célimene & du Marquis, dans le Misantrope; le Poëte n'a frappé sur aucun vice réel & deshonorant, ne connoît ni* MOLIERE, *ni son Art.*

**. *L'hypocrisie & l'ingratitude de Tartuffe, sont bien au-dessus du ridicule*

VOILA sur quels discours ce raisonneur gothique,
Tentera de fonder sa vieille Poëtique.

QU'EST-CE qu'un Ridicule ? Examine ce point ;
Nous n'en avons plus qu'un, c'est de n'en avoir point.
Ce ridicule même à présent est si rare,
Qu'on te prendroit ici pour un Peintre bizare
Qui laissant le caprice égarer son pinceau,
Nous traceroit un monstre enfant de son cerveau.

LE sexe aime les pleurs, arrache-lui des larmes.
Le Parterre aussi-tôt partageant ses allarmes,
La voix entre-coupée, à travers les hoquets,
Demandera l'Auteur garanti des sifflets.
Triomphe ami, le vrai qu'on croyoit seul aimable
Céde aux songes trompeurs de ta sinistre fable.

DES chefs-d'œuvres de Plaute & de son successeur
L'art de la Pantomime autrefois fut vainqueur,
Rappellons, s'il se peut, un art aussi commode.
Fais mouvoir ton Acteur ainsi qu'une Pagode ;
Indique lui ses pas, ses gestes & ses tons,

---

sans doute, mais ces vices sont au nombre de ceux qui restent impunis, & par-là ils sont du patrimoine de la satyre, & de la Comédie, qui sont un supplément ingénieux à la police générale.

Désormais ses talents soumis à tes leçons,

A ta gloire d'Auteur réuniront la sienne,

Et presque sans esprit tu rempliras la Scène :

Combien vont t'épargner de veilles & de soins,

Des mots entre-coupés, des silences, des points !

Ainsi l'art du Théâtre en devenant facile,

Fécond dans ses essais nous en produira mille.

MOLIERE y pensa-t-il, de n'offrir qu'en récit

L'humeur de son Arnolphe, & son plaisant dépit,

Lorsqu'il lui fait pousser *des soupirs lamentables,*

Et donner loin de nous *de grands coups sur les tables,*

Battre *le petit chien qui pour lui s'émouvoit,*

Et jetter *brusquement les hardes qu'il trouvoit ?*

Pourquoi nous cache-t'il *cette main mutinée*

Qui casse les joujoux qu'offroit la cheminée !

De son *Conte à dormir,* c'eût été là le beau,

Et c'est là ce qu'il faut à notre goût nouveau.

Fais donc de ces détails une profonde étude,

Tout l'art est de les rendre avec exactitude.

JE t'entends, Melpomene a pour toi plus d'appas,

Viens, prépare des vers qui fassent du fracas.

Place loin de tes yeux Rodogune, Athalie,

Phédre, Alzire, Cinna, Mérope, Iphigénie,
Vieux chef-d'œuvres détruits par un Tyran nouveau,
La mode eſt ce Tyran, qu'il guide ton pinceau.
Peut-être en tes écrits les conſonnes heurtées,
Seront à nos tympans durement réfractées;
Pour être un peu tudeſque un vers eſt-il moins fort?
Dans la même action par un ſublime effort,
Raſſemble en un inſtant la tragique parade,
Temples, ſpectres, autels, priſons, ſiége, eſcalade;
Que tes actes ſoient pleins de fureurs & de cris,
Ton Acteur en mourra; la palme eſt à ce prix.

  Tu veux te délaſſer, tu veux chez la coquette
Faire baâiller l'Abbé qui lit à ſa toilette,
Fais de petits Romans ſans vérité, ſans mœurs,
Que jamais l'intérêt n'y frappe tes lecteurs,
Laiſſe à Riccoboni cette aimable impoſture,
Qui peint nos paſſions en ſuivant la nature.
Rime, jette au hazard mille traits rebattus,
De ta Bourgeoiſe Iris fais une autre Vénus,
Dans tes amuſemens froidement poëtiques,
Allarme la pudeur par des contes cyniques,
Enrichis ton Recueil d'Epigrammes ſans ſel,

Mais laisse au Madrigal la fadeur de son miel.

Aux Amours libertins éleve un beau trophée,

Ou sans craindre aujourd'hui le supplice d'Orphée

Accable de mépris ce sexe qui te plait,

Et qui rit de te voir aussi vain qu'indiscret;

Mais sur-tout qu'un burin convenable à l'ouvrage,

Présente un beau dessein à la premiere page,

Que l'œil s'ouvre & pétille à ses traits indécents

Ton lecteur est pour toi, tu parles à ses sens.

 S u r tes mœurs à présent veux-tu que je prononce?

Ami, sois de ton siécle, & pour jamais renonce

A ce haut sentiment de vieille probité,

Qui te rend étranger dans la société.

Oui les sots ont des mœurs, qu'auroient-ils autre chose

Mais toi sur qui l'éclat de nos beaux arts repose,

Iras-tu te piquer d'un stoïcisme vain?

Avec trop de vertu crains de mourir de faim.

 D e la témérité, beaucoup d'art & de brigue,

Du manege, & bientôt du sortiras d'intrigue.

Que craindre du public? Est-il juge éclairé?

Sa voix depuis long-tems n'a plus rien de sacré.

Sachons le mépriser, Lycandre; & s'il décide,

'à tous ſes jugemens notre intérêt préſide.

ur le rendre plus vil, que l'heureux Oudinot,

us les jours le reçoive en foule à ſon tripot,

ue déſerteur conſtant de ſon plus beau Théâtre ;

e la vive Arriette il devienne idolâtre ;

ns meſure & ſans choix il s'enyvre de tout,

omme il n'a plus de mœurs qu'il ſoit auſſi ſans goût,

t toi qui de ſes mains recevras la Couronne,

aiſſe tes prejugés & que rien ne t'étonne.

es ſuccès d'un rival baſſement envieux,

ain avec tes égaux, hardi contre les Dieux,

oilà ce qu'il faut être ; ou Citoyen ſans gloire,

Ne plus porter tes pas au Temple de mémoire.

F I N.